I0666179

TESTIMONIOS

En *Los viajes de Mamá*, la autora nos ofrece una galería de recuerdos íntimos. Es un libro honesto, inspirador, y lleno de aventuras.

Evelin Díaz Mendoza

Tener la oportunidad de leer *Los viajes de Mamá*, escrito por mi madre, Patricia Elena Sosa Leal, ha sido un honor y un privilegio. Este libro no solo representa una recopilación de vivencias y reflexiones, sino también el fruto de una sensibilidad profunda y una voz auténtica que invita a la empatía y a la introspección. A través de sus palabras se revela una visión entrañable del mundo, tejida con sabiduría, ternura y una admirable claridad emocional. Me siento profundamente orgullosa de su trabajo, y agradecida por el legado que ha decidido compartir con todos.

Elena López Sosa

Los viajes de Mamá es un libro que toca el corazón. A través de sus páginas, Patricia Elena Sosa Leal logra transmitir la emoción, la ternura y la fuerza que hay detrás de cada viaje —tanto físico como emocional— que vive una madre. Me hizo reflexionar sobre mi propia familia, nuestras raíces, y el valor de nuestras historias. Es una lectura cálida, íntima y profundamente humana. Recomiendo este libro a todos los que quieran reconectar con el amor y la sabiduría de las madres.

Arturo Díaz Mendoza

Después de leer *Los viajes de Mamá*, escrito por mi hermana Patricia Elena Sosa Lea, recordé tantas cosas que vivimos en nuestra niñez y juventud, y en especial me llegó el recuerdo de una anécdota de un viaje de graduación con alumnos del Colegio Cozumel (ahora Cumbres), que iba a realizar y no pudo por motivos de salud. Ella me pidió que yo llevara el grupo y yo le dije, "Mamá, yo nunca lo he hecho". Pues esa noche sacó el mapa de Disney, en Orlando, Florida, y me fue explicando con lujo de detalle dónde debía empezar y terminar el recorrido. Ella conocía el parque como la palma de su mano y era excelente para los viajes.

Recuerdos muy amenos en este libro.

Guadalupe Sosa Leal

Hace treinta y cuatro años llegué a la maravillosa isla de Cozumel y fui acogida por Patricia Elena Sosa Leal y su familia con mucho cariño. Siempre me hicieron sentir en familia. Recuerdo que los sábados en casa de los papás de Patty siempre habían reuniones y en ellas disfrutaba las pláticas con doña Nelia, quien tenía la gran virtud de narrar cada detalle visto, oído, bebido o comido en cada viaje que hacía. Yo me quedaba embelesada imaginando que viajaba los lugares que ella describía con tanta exactitud, lo cual yo agradecía y apreciaba muchísimo.

Los viajes de Mamá es un extracto de esas vivencias de nuestra querida y recordada doña Nelia.

Elisabeth Díaz Mendoza

Leer *Los viajes de Mamá* no solo ha sido conocer algo de la vida de la protagonista Nelia, sino de recordar la vida junto a ella, épocas pasadas tan hermosas que volvemos a vivir gracias a la pluma de Patricia Elena Sosa Leal.

Recordar es volver a vivir, y yo volví a vivir. Gracias, Patty.

Lizbeth Escartín López

A lo largo de mi vida, leer ha sido para mí un viaje. Desde muy pequeña los libros formaron parte esencial de mi entorno y estuvieron presentes en mi hogar como compañeros silenciosos que esperaban ser descubiertos. Sin embargo, hubo un libro que marcó una diferencia profunda en mi experiencia como lectora, Los viajes de Mamá, escrito por mi madre, Patricia Elena Sosa Leal. Leer sus palabras, conocer su voz en la narración y sentir su esencia en cada página fue un viaje distinto a todos los anteriores. Adentrarme en la historia de Nelia fue como abrir una puerta al pasado, no solo recorrí las páginas del libro sino que me dejé llevar por los recuerdos, los paisajes, por las emociones que recibía y por los fragmentos que cobraban vida ante mis ojos. Caminé por las calles que una vez ella caminó, escuché la música que la acompañó en su juventud, reviví las películas que la emocionaban y sentí los olores de aquellos tiempos que marcaron su historia. Fue un recorrido íntimo, nostálgico y profundamente conmovedor, como si en cada palabra pudiera tomar su mano y camináramos juntas por la memoria.

Patricia López Sosa

Los viajes de Mamá es un hermoso homenaje de una hija a su amada madre.

Lupita Zapata Sosa

Los viajes de Mamá, escrito por Patricia Elena Sosa Leal, esta obra nos invita a acompañar a una madre valiente en un camino lleno de preguntas, encuentros, despedidas y aprendizajes. A través de sus páginas nos sumergimos en historias que no siguen una ruta predecible, pero que laten con verdad y ternura, con la fuerza de quien se atreve a mirar hacia adentro. Cada viaje es una ventana al corazón, una oportunidad para reconocer nuestras propias búsquedas, nuestras propias cicatrices… y también nuestras ganas de seguir adelante.

Guadalupe Zetina Tejero

Los viajes de Mamá… wow. Este libro tan bellamente redactado y con un español lleno de palabras tan dulces, intensas, sencillas, tiene un poder que refleja claramente las emociones y sentimientos que quiere transmitir la escritora sobre la gran persona que fue su madre. Hace que el lector no pueda dejar de leer el libro hasta terminarlo, causando emociones y sentimientos vívidos como si uno hubiera participado en todo lo narrado. Es un libro que recuerda a Altamirano en *La Navidad en las montañas*, a Margaret Mitchell en *Lo que el viento se llevó*, pero con sello de mexicanidad regional.

Me hizo nudos en la garganta y logró penetrar en mi interior; un gran sabor de boca este libro.

Mucha calidad en la escritura, sintaxis y prosodia del idioma. Refleja una revisión de redacción impecable y un don para escribir de la escritora. MUY BUEN LIBRO.

Agradezco a la escritora por haberme hecho partícipe de esta belleza escrita.

Saludos y muchos éxitos.

Ing. Pedro Alvarez Quijano,
CFE

NOLO

La historia de
don Vicente Martin Güemez

Nolo

La historia de don Vicente Martin Güemez

Patricia Elena Sosa Leal

Hola Publishing Internacional
Eugenio Sue 79, int. 4, Col. Polanco
Miguel Hidalgo, C.P. 11550
Ciudad de México, México

Primera edición, agosto 2025
ISBN: 978-1-63765-815-4

Hola Publishing Internacional es una editorial híbrida comprometida a ayudar a autores de todo tipo a alcanzar sus metas de publicación, ofreciendo una amplia variedad de servicios. No publicamos contenido que sea política, religiosa o socialmente irrespetuoso, ni material sexualmente explícito. Si estás interesado en publicar un libro, visita www.holapublishing.com para más detalles.

A Angel Gabriel Martín Loeza, por su confianza

Prólogo

Desde tiempos inmemorables, el ser humano ha sentido una atracción irresistible por lo desconocido. Los misterios del universo, las culturas ancestrales y los encuentros con lo inexplicable han sido fuente de inspiración para mitos, leyendas y descubrimientos.

Esta obra es una versión novelada de una historia real, una manera comprensible de ordenar y narrar hechos auténticos para convertirlos en una experiencia literaria que acerque al lector a la esencia de esos momentos reales. Se trata de un relato inspirado en la vida y vivencias de don Vicente y en la llegada de los seres que lo ayudaron a hacer algo inesperado en su quinta, basado en documentos y escritos reales que él mismo dejó.

Al hablar de su infancia y los sucesos extraordinarios que marcaron su camino, he querido honrar la realidad de los hechos, a la vez que uso recursos externos para darle voz, color y profundidad. Esta forma permite que el lector no solo conozca la historia, sino que también la sienta y la viva desde dentro, comprendiendo mejor el contexto, las emociones y las personas que la habitan.

Esta versión busca ser un puente entre lo vivido y lo imaginado, entre lo real y lo posible. Cada vivencia, cada personaje y cada descubrimiento forman parte de un tapiz que desafía nuestra comprensión del mundo.

Te invito a sumergirte en esta viaje de exploración, donde la historia, la realidad y el misterio se entrelazan en un relato cautivador.

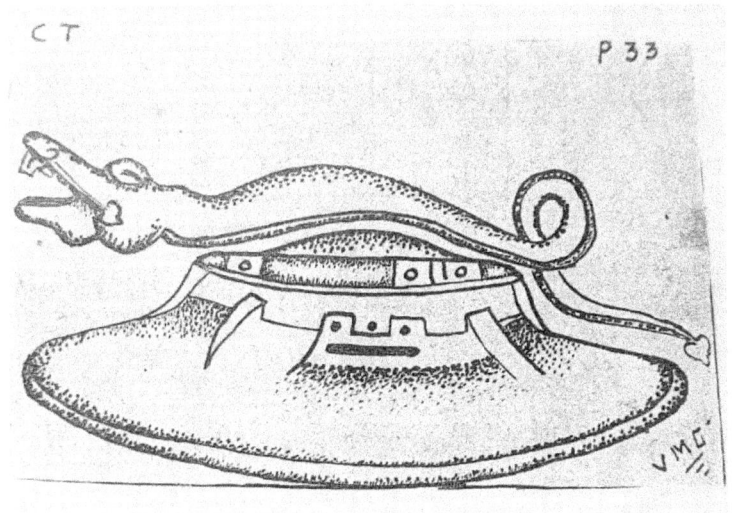

ÍNDICE

CAPÍTULO I

CONOCIENDO NOLO

La vida está llena de preguntas. Yo, por ejemplo, desde pequeña me he cuestionado muchas cosas de este mundo. Mi madre era una mujer a la que le gustaba conocer historias de países lejanos, así que tal vez la curiosidad la heredé de ella. Tuve la fortuna de que en casa siempre existieron y existirán libros de temas diferentes. De pequeña, cada tema nuevo que leía era una pregunta nueva, una existencia nueva, un porqué.

En algún punto de la vida, no recuerdo en qué época, me enteré de la existencia del espacio, y con el espacio de la posibilidad de otras vidas, tantas y tantas teorías. Este tema nunca me ha dejado de apasionar. Escuché teorías de los mayas, los aztecas, los gigante de la isla de Pascua, los egipcios: todo se relacionaba con seres de otro mundo. Me gusta imaginarme cómo vinieron, qué hicieron, cómo fue. Busqué novelas, libros de investigación, historias sobre Jesús, sobre viajeros sobrehumanos… y para fortuna o desgracia mía, mis preguntas no tenían repuestas. Lo que parece una desventaja a veces es una bendición, porque esta falta de respuestas me llevó a leer más, investigar y preguntar, y eventualmente a plantear esas preguntas a la gente a mi alrededor.

Tengo dos hijas a las cuales llené de preguntas sobre seres de otro mundo, es algo que siempre ha estado alrededor de nosotras, algo que disfrutamos, levantamos teorías, contamos, decimos; siempre que alguna escucha sobre este tema lo platicamos y averiguamos. Así fue como llegamos a la historia de don Vicente.

Una de mis hijas leyó un artículo en un periódico local y en una de nuestras tantas llamadas me dijo, "Mamá, no vas a creer lo que leí.

"El dueño de una quinta ubicada en Nolo, Yucatán, ha experimentado visitas de seres de luz. Según dice, se conecta con ellos y le dan señales y mensajes.

"Te lo voy a enviar para que leas, es una historia extraordinaria y muy interesante. Tenemos que ir a visitar esa quinta".

A la siguiente semana de haber leído el artículo, todavía no podía dejar de pensar en aquella quinta cerca de la ciudad de Mérida, ¡claro que teníamos que ir conocerla personalmente!

Investigamos la ubicación exacta del pueblo y para nuestra suerte lo encontramos y nos dirigimos hacia allá. En ningún momento del trayecto dejé de pensar en lo que nos esperaba en Nolo.

Entrada a Nolo

Nolo es un nombre maya que en español significa "el lugar". Es una localidad del estado de Yucatán, México, comisaría del municipio de Tixkokob, un Pueblo Mágico maya muy pintoresco con 1,493 habitantes, rico en historia, pues allí se vive una de las mejores tradiciones en honor a San Bartolomé Apóstol, su casa comisarial, y ni qué decir de la casa ejidal y las casonas antiguas del centro.

Casa ejidal

Iglesia

Se encuentra a veinte kilómetros al este de la ciudad de Mérida, capital del estado, y a cinco kilómetros al oeste de Tixkokob. Es un pueblo muy tranquilo, de habitantes amables y algo interesantes. Cuando llegas, los teléfonos celulares dejan de funcionar y una que otra cámara también. Muy raro.

Preguntando logramos llegar a la quinta, pero la encontramos cerrada. Enfrente de esta vimos a una señora en su jardín y le preguntamos a qué hora abrían y muy amablemente nos comentó que no tardaba en llegar la persona. La señora tenía un jardín muy hermoso lleno de flores que me acerqué a admirar y le comenté, "Qué bonito jardín tiene. ¡Y las flores tan coloridas!"

Me contestó: "Se conserva hermoso porque lo visitan las hadas. Vienen muchas". Y yo pensé que aquel Pueblo Mágico, además de mágico, era muy enigmático.

Llegaron a abrir la quinta. Yo estaba muy emocionada, tenía que enterarme si todo lo que había leído era o no verdad. Fui la primera en entrar. Era un lugar lleno de vegetación, piedras raras, lugares con agua, huecos de piedras naturales (lugar donde brota el agua a gravedad), unas piedras de cuarzo en forma de cazuela con energía que se activa con la luz, una antorcha de puro cuarzo que al pasarle la mano se siente caliente; los cuarzos fueron desenterrado de una caverna dentro de la misma quinta. Yo sentí algo inexplicable que me recorría la piel desde la cabeza hasta los pies, a lo mejor por los sucesos que sabía que habían ocurrido en ese lugar, sucesos que siempre me han atraído.

Hoy, todos sabemos que la presencia de los ovnis es una realidad, sobre todo en los cielos nocturnos de varios lugares de Yucatán, aunque hemos ignorado que el contacto con los seres que los tripulan es también un hecho. Este tipo de contacto es exactamente lo que el dueño de este lugar vivió. Su hijo Angel Gabriel te recibe en el lugar y te platica la historia, lo que su papá hizo y vivió en la finca.

Después de escuchar y ver todo en la quinta, sentí que ese era mi momento para perseguir lo que tanto me apasiona, y fue tanto mi interés que empecé a investigar con la ayuda de Angel Gabriel, quien me proporcionó mucho material: una libreta donde don Vicente escribió su experiencia, sus visitas, guardó fotos, y documentó todo lo que hizo. Con esta ayuda escribí esta historia conmovedora, impresionante y real.

Capítulo 2

LA FAMILIA

El señor Virginio Martín Guillen nació en Muna, una villa ubicada en el estado de Yucatán, a sesenta y cuatro kilómetros al sur de la capital, Mérida. En la época prehispánica, Muna perteneció al cacicazgo de Tutul Xiu (grupo maya anterior a la llegada de los españoles) y después de la conquista española permaneció bajo el régimen de las encomiendas, entre las que se puede mencionar la de don Alonzo Rosado en 1700.

La evolución de la población comienza en 1821, cuando Yucatán se declara independiente de España. En 1875 el pueblo adquiere el título de "villa" y en 1921 vuelve a la de "pueblo" para poder recibir ejidos. Finalmente, en 1988, se constituye como municipio propio.

Muna significa "agua suave", y, en resumen, es un pueblo con una larga historia que abarca desde la época prehistórica hasta su consolidación como municipio en el siglo XX, pasando por la colonia y los cambios administrativos del siglo XIX.

En el municipio existe un templo en honor a la Virgen de Asunción, seis capillas dedicadas a San Bernardo, San Mateo, San Sebastián, Soledad, Santa María y San Andrés, respectivamente, que datan de la época colonial, y está también la exhacienda San José Tibceh. Del 12 al 15 de agosto se lleva a cabo la fiesta en honor a la Virgen de la Asunción, patrona de la población, y en diciembre, del 1ro al 11, las típicas ramadas. El 12 de diciembre las mañanitas a la Virgen de Guadalupe dan inicio a las posadas, que finalizan el 24 de diciembre, inicio de la Navidad.

Ahí paso Virginio su niñez y adolescencia. Ahí conoció a Anastasia Güemez Sobernis. Después de un noviazgo corto se casaron jóvenes y tuvieron tres hijos: Manuela, Vicente y Claudio.

No había mucho trabajo, los hijos empezaron a crecer y había más necesidades en el hogar. Él siempre se había dedicad al campo, pero en esos días no daba abasto ese trabajo y con lo que se ganaba no le alcanzaba para mantener a su familia. Un pariente le comentó que estaban buscando personal para construir carreteras cerca de Nolo, que fuera a ver si podía conseguir algo, y decidió probar suerte.

Y la tuvo. Lo aceptaron y estaba muy contento, pues empezó a ganar un poco más de lo que hacía en el campo. Así podía dejar más dinero en casa para la familia, pero había un inconveniente: iba y venía de Nolo a Muna todos los fines de semana. Era muy cansado, pues recorría 83.7 kilómetros.

Una noche, platicando con su esposa sobre lo pesado que era estar yendo y viniendo, le dijo que era necesario tomar una decisión, o se quedaba en Muna en el mismo trabajo del campo o encontraban un terrenito cerca de su trabajo para cambiarse con toda la familia. Decidieron comprar un terreno en Nolo para poder estar juntos.

Se asentaron en Nolo y comenzaron una nueva vida. El terreno era grandecito y mientras él trabajaba, su esposa e hijos empezaron a sembrar cítricos y otros árboles frutales. A la familia le encantaba Nolo, su gente, las tradiciones, y ahí los hijos empezaron a crecer, a ayudar en la siembra y poco a poco a hacer su vida hasta que uno a uno fueron tomando su camino.

Esta historia está basada en la vida de Vicente, el segundo hijo de Virginio.

CAPÍTULO 3

VICENTE

Vicente nació un 22 de enero de 1944 en Muna, Yucatán. A muy temprana edad se lo llevaron a Nolo y ahí pasó su infancia y estudió hasta el tercer año de primaria. Era un niño muy alegre y travieso, le encantaban ayudar a su mamá en la siembra y regar las plantas. También le gustaba las fiestas tradicionales e ir a la iglesia. Empezó a hacerse de amiguitos pero a los quince años decidido separarse de su familia e irse a trabajar por su cuenta.

Encontró trabajo en el ingenio La Joya en Champotón, Campeche. La Joya es un ingenio azucarero que fue inaugurado el 26 de marzo de 1949 por el Sr. Cabalan Macari, que en 1947 logró traer la maquinaria de este ingenio desde Puerto Rico. Le gustaba mucho su trabajo, disfrutaba de él. Ya había pasado dos años cortando caña, tenía amigos y se sentía a gusto.

Una noche de luna llena tuvo una visita inespe-
rada que le dio una vuelta que nunca se imaginó a
su vida. Desde ese momento decidió escribir todo
lo que pasaba día con día respecto a dichas visitas.

***

1961

Lo que afirmo es una realidad, no es obra de la
imaginación. Aproximadamente a las ocho de la
noche del día 21 de diciembre de 1961, próximo
a cumplir diecisiete años, el capataz con el que
trabajo, en una noche de luna clara, nos mandó a
cortar caña para adelantar nuestro trabajo junto
con otros compañeros. Quien se quedó conmigo
a trabajar fue Julio Peralta.

Estábamos trabajando en el plantel "Los Agua-
cates", en el costado poniente de la colonia Santa
Elena, trabajando en una variedad de caña, cuando
de pronto ante mí se presentó una persona completamente brillante. No supe si era hombre o mujer,
nada más puedo decir que lucía muy hermoso: tez
muy blanca, alto y con cabello dorado y largo que
le rozaba los hombros.

Julio huyó despavoridamente.

Este personaje se ve como un ángel que se ha bajado del cielo, le titila una brillantez plateada en torno al cuerpo. No me cegó la vista, pero sí me paralizó las piernas. Lo vi y estaba muy consciente; no sentí miedo. Se acercó a mí y me dijo, "No tengas miedo, no te voy hacer ningún daño".

Me serené, agarré más confianza, y lo escuché.

"Estudia la astronomía que conocieron los mayas. Tu lenguaje te lo permite y tus pensamientos te favorecen", me pidió.

"No puedo estudiar, necesito trabajar y no hay nadie que me pueda costear mis estudios. No estoy con mis padres, estoy andando solo en estos trabajos. Tengo la necesidad de trabajar para vivir… pero sí tengo varias amistades", le respondí.

"Escúchame y no te arrepentirás, soy tu amigo. Estudiarás la astronomía y sacarás en alto el conocimiento astronómico de los mayas. Ellos aprendieron de nosotros y así tú aprenderás también. No habrá ningún ser terrestre que pueda hacer lo que nosotros te vamos a enseñar para que después tú enseñes a los que te puedan entender. Llegará el momento en el que sorprenderás a la gente que te rodea.

"Te indicaré lo que tienes que hacer y tú serás el sujeto que nos ayudará. Pasarán veinte años para que algunos te entiendan y en ese intervalo tú aprenderás y enseñarás a varias personas que en este momento consideran que ya están preparadas pero a final de cuentas son inexpertos. Tú les enseñarás y nosotros te marcaremos el camino a seguir; no te desvíes".

Estaba yo un poco atontado de todo lo que me decía, pero seguí escuchando.

"El día que formes una familia, ni ellos podrán impedir que hagas estos estudios. Habrá momentos en los que mucha gente se burle de ti, varios pensarán que ya perdiste la razón, serán pocos los que te van a comprender; otros te traicionarán, varios estudiosos sentirán envidia de ti, de todo esto. Nada te debe importar, aunque tu familia se sienta abandonada, llegará el momento en que te comprendan, porque al final de este trabajo encontrarás a la persona que te ayudará a darte a conocer al mundo.

"Estos veinte años terrestres pasarán".

Yo le pregunté: "¿Por qué yo? No tengo ni la más mínima idea de lo que me pides que estudie".

"No te aflijas, más adelante te daremos instrucciones. Esto es lo que te corresponde a ti, y tú no eres el primero que visitamos en esta tierra.

"Hace escasos días estuve ante una persona muy importante en este planeta, alguien que controla a casi toda la humanidad. Es un gran estudioso, pero yo tuve que revelarle información que desconocía, relacionada con figuras claves y acontecimientos que podrían derivar en grandes desgracias para el mundo. De algún modo, esto ya lo hemos demostrado en esta tierra. La misión de este individuo es darlo a conocer a todo el planeta, y por ultimo me dijo, y lo que te toca a ti algún día alguien te entenderá y lo daras a conocer al mundo entero. La respuesta se encuentra en el universo", me respondió.

Grande fue mi sorpresa cuando desapareció de mi vista, lo observé elevarse en el aire y se introdujo en algo ligeramente plano y ovalado que despedía una luz intensa de color violeta. Cuando reaccioné, mi compañero de trabajo no se encontraba por ningún lado. Me encaminé hacia el campamento de Santa Elena y encontré a Julio con otros amigos de trabajo. Julio me preguntó:

"¿Qué pasó? ¿Estás bien?"

"Sí, no pasó absolutamente nada malo".

"Fue extraño lo de esa luz, ¿verdad?"

Seis día después sentí la necesidad de platicarlo con el párroco de la capilla guadalupana del ingenio. Le platiqué todo lo que recordaba del 21 y me interrogó, "¿Ingeriste aguardiente?"

"No tomo cuando estoy trabajando", le respondí, y él no pudo ocultar su sonrisa.

"Tal vez lo viste porque estaba cerca la Noche-buena…"

Me quedé desilusionado, ¡el párroco me considera un borracho!

Por ahora no le diré a nadie. Quizás en algún momento encuentre a una persona que me entienda, que no se burle de mí.

***

1962

Encontré un artículo sin fecha. Es muy significativo para mí, provino de una revista americana escrita en español. Dice lo siguiente:

> *El pontífice de Roma, el Papa Juan XXIII, fue visitado por un personaje que venía en una nave espacial en forma de platillo, en los jardines de la Basílica de San Pedro. El Papa pensó que venía, como un ángel, de los cielos.*
> *Hasta el momento, el Papa no ha revelado nada sobre esta visita misteriosa. Lo único que sabemos es que sucedió en julio de 1961.*

Al leer esta nota recordé de inmediato la experiencia que viví hace un año y lo que ese personaje me dijo. Hasta ahora comprendo que aquel ser se refería al Papa Juan XXIII.

Desde el principio de este año en cualquier lugar en el que me encuentre siento la presencia de algo o alguien cerca de mí, pero no puedo ver nada. A veces me da miedo, tengo la sensación de que alguien me observa y por momentos siento incluso que habla conmigo. Siento que lo entiendo. Lo que me da miedo no es la presencia, sino el hecho de no poder ver nada físicamente.

Lo consulté con un psiquiatra en Campeche y su diagnóstico fue que estoy muy consciente y completamente normal. Me sugirió que me distrajera paseando y leyendo.

En febrero decidí regresar a Yucatán a conseguir trabajo en la construcción de carreteras en la ruinas de Ake. Se encuentran cerca del poblado de Tixkokob, a treinta y cinco kilómetros de Gran San Pedro Cholul, muy cerca de Nolo.

***

1963

Con unos amigos de Ake me fui a pasear a Chichen Itzá del 12 al 17 de marzo. Ahí observamos un dibujo del sol al pie de la escalera norte del castillo de Chichen, una cosa muy impresionante, era un equinoccio, según me comentaron.

En lo personal, a mí me llamó tanto la atención que empecé a tratar de localizar información o algún libro sobre este fenómeno para estudiarlo, pero no encontré lo que necesitaba. Quería una foto de la pirámide en la misma forma, tal y como lo observé con esos dibujos del sol, con fecha 26 de marzo de 1963.

En vista de que no he encontrado ningún libro que me satisfaga, mejor he decidido volver a visitar Chichen Itzá para contemplarlo una vez mañas y así alimentar mi interés para estudiar la historia sobre la cultura maya y la razón de la formación de los triángulos que el sol dibuja en ese castillo de Kukulcán.

***

1964

Hoy es 21 de marzo de 1964 y me encuentro al pie de la pirámide, listo para admirar los dibujos triangulares del sol que me embrujan. Confieso que este trabajo monumental maya me ha fascinado, es una verdadera lástima que hasta ahora no se haya comprendido del todo esta gran cultura. Dentro de mi ser siento que algún día se comprenderá.

En algún lugar, no me acuerdo en dónde, encontré un libro originalmente escrito en maya en donde se presentan cosas muy muy interesantes a mi parecer, sin embargo este libro no me sacó de dudas, aunque sí aprendí muchas cosas. El libro se llama *Chilam Báalam*, y contiene escritos diversos de religión, historia, cronología, astronomía, medicina y poesía. Realmente no es uno sino varios libros recolectados que relatan hechos y circunstancias históricas de la civilización maya. Al paso del tiempo, estos fueron adquiridos por la Biblioteca de Antropología e Historia de la Ciudad de México, aunque algunos se encuentran actualmente en la biblioteca de la Universidad de Princeton en Nueva Jersey.

Los personajes más importantes del *Chilam Báalam* son:

- Boolonyiku, que significa "nueve dioses del inframundo"
- Yaaxche, que significa "ceiba blanca"
- Bolon Yokte, que significa "el de los nuevos pasos, el dios"

Este es también un libro de profecías, recetas médicas y astrología.

Chilam Báalam tiene varios significados:

- El que es boca
- Jaguar acostado

Y los libros que lo conforman fueron escritos por los mayas yucatecos entre los siglos XVIII y XIX.

Admiro a los sabios que estudiaron los astros, sobre todo al sol, y estoy entusiasmado por continuar averiguando más sobre esta cultura.

Después de contemplar estos triángulos en Chichen Itzá, regresé a Nolo y aquí conocí a Rosario en una de las fiestas del pueblo. Es una muchacha muy guapa y nos hicimos amigos en poco tiempo. En unos cuantos meses más, nos hicimos novios. Ya después de meses de noviazgo hablé con sus papás, pues quiero casarme con ella. Ellos nos dieron la bendición y ya pusimos fecha para la boda: marzo de 1965.

Capítulo 4

Boda e hijos

1965

Siento bastante no poder admirar el dibujo solar en la pirámide de Chichen Itzá este año, pero quiero conservarlo como un recuerdo grato en mi ser; he decidido casarme esta misma fecha. Pero hago una promesa: seguir estudiando la cultura maya sin descansar, para beneficio del futuro del conocimiento, para mi familia y para mis amigos.

Nos casamos en la iglesia del pueblo. Fue una ceremonia muy bonita; los familiares y los amigos nos acompañaron y me pareció un día muy especial.

***

1966

Ya llevamos dos años de matrimonio. El 24 de marzo de 1966 recibimos con mucha alegría y entusiasmo a nuestro primer hijo. Mi esposa y yo estamos muy felices y le pusimos de nombre Santos Martín. ¡Qué felicidad!

Después del nacimiento de mi hijo la vida ha tomado el curso cotidiano, trabajando y aún buscando documentación y otros libros que hablen de la cultura maya, y más que nada de la astronomía. Tengo que saber por qué se forman esos triángulos en las mismas fechas todos los años.

***

1967

Terminó el año 1966 y yo sigo igual, con las mismas dudas. Empezando el 67 empecé a conseguir un poco más de información sobre los mayas y la astronomía, y salvo por el día de mi boda, no he faltado a Chichen Itzá ni un 21 de marzo.

No dejo de pensar en la pirámide de Chiche Itzá y en esos triángulos. No me los puedo quitar de la cabeza.

***

1968

El 26 de febrero nació mi segundo hijo. Mi esposa, Rosario, ha escogido para él el nombre Vicente Manuel. Es nuestros segundo varón y ha venido a alegrar nuestro hogar. ¡Empieza a crecer la familia!

Me estoy quedando en Nolo, en casa, no salgo a trabajar para estar cerca de mi familia y ayudar en la quinta de mi papá, él siembra cítricos y chile habanero. No he abandonado lo que más me fascina, el aprendizaje de la cultura maya.

***

1972

El 28 de marzo nació mi tercer hijo, Angel Gabriel, así le pusimos. Rosario y yo estamos muy contentos, ¡ya tres niños en casa!

Sigo trabajando, averiguando y aprendiendo de los mayas.

***

1976

Empiezo a sentir que mi mente se agiliza. Me sorprendo a mí mismo, no logro entender cómo es que comprendo las cosas con tanta facilidad. No sé en qué momento di este salto, pero eso es lo que siento, que de repente aprendo mucho más de los mayas.

Ya tenemos otro niño en casa. Mi cuarto hijo, Emanuel de Atocha, le suma a la familia Martin Loeza. Somos muy felices con esta familia en aumento.

***

1980

Mi quinto y último hijo nació el 16 de febrero de 1980, ahora fue una linda niña a la que le pusimos Nicteha del Rosario. ¡Al fin una niña en la familia! Los niños y nosotros estamos muy contentos.

También estoy un poco preocupado porque no le he contado a mi familia lo que pasa, las visitas que siento. Muy dentro, siento que no están preparados para entender. Si se enteran pueden sufrir un choque emocional grandísimo. Mejor esperaré para contarlo.

Capítulo 5

Visitas

1981

Una tarde, cuando estaba estudiando la técnica astronómica de los mayas, se presentó ante mí una esbelta mujer de dos metros con veinte centímetros de altura, cabellera rubia, ojos entre azul y verde, tez muy blanca, rostro angelical, nariz perfilada, labios muy delgados: físicamente preciosa y admirable de carácter. Su voz es como bondadosa. Me hizo saber que su nombre es Gunabel, y luego me preguntó, "¿Qué estás haciendo?"

"Estoy investigando", le dije, y proseguí a contarle todo sobre mis estudios, lo solsticios, los equinoccios, la luz y la sombra sobre la pirámide.

Me escuchó con mucha atención, y cuando terminé, me dijo, "Conozco mucho de astronomía de todo el universo. Voy a trabajar contigo". Me explicó en todo detalle la forma y ubicación de la pirámide y me aseguró que, mientras siguiera investigando, ella me ayudaría.

Se despidió de mí de esta manera: "Aunque mi procedencia es lejana, regresaré muy pronto y entonces tú expondrás las pruebas de mi presencia", y se desvaneció.

Me quedé como paralizado, no supe cuánto tiempo había transcurrido, pero cuando volví en mí mismo tenía todavía erizada la piel. En ese tiempo yo todavía no sabía si me visitaban personas de este mundo o de otro, solo sabía que estaban dispuestos a ayudarme.

De vuelta en la quinta, estudiando un libro maya, me sentí muy ágil para aprender, y después de esta primera visita regresó varias veces. Me hablaba de astronomía, platicábamos un rato, y, así como llegaba, se iba. Yo no sabía a dónde o cómo; no le preguntaba, sabía que cuando fuera el momento me lo mostraría.

En momentos del día en los que estaba solo, se presentaba ante mí y yo sentía que éramos amigos, que nos conocíamos desde hace mucho tiempo. Un buen día me contó que venía de otro mundo en otra galaxia. Me contó que nosotros, los humanos, también éramos de esa galaxia porque sus antepasados habían poblado la Tierra. Yo me sorprendí y me atreví a preguntarle cómo se transportaba de aquella galaxia a nuestro mundo.

"Sal y velo", me dijo.

Afuera me encontré con una nave de unos cincuenta metros de altura que bajaba de una especie de aparato hidráulico con cuatro barras de luz fosforescente y una plataforma. Junto con una luz que resplandecía, formaba un abanico. Ella se acercó a la plataforma y algo la absorbió. La plataforma subió y se metió a la nave; se apagó la luz.

La nave se parecía a dos cajas, pero no eran sólida. Una giraba como un trompo y la otra se mantiene inmóvil. De repente se desplazó a toda velocidad y desapareció.

En otra visita Gunabel me contó que la nave no aterriza sino que ella baja mientras su nave no pierde altura. Si esta bajara, me imaginó que lastimaría la superficie, pues parece estar muy caliente. También me contó que cuando sí aterriza lo hace sobre canales que irradian mucha energía para que las naves no se deterioren. Existen unas más grandes, otras más pequeñas, y todas son redondas. Su capa interna no gira, pero alrededor tiene una capa superficial que gira a toda velocidad. Es muy difícil que algún radar las detecte al menos que ellos lo quieran así. De noche la luz que irradian se nota mucho, pero de día pueden pasar totalmente desapercibidos porque se camuflajean como una burbuja transparente o una nube. Son capaces de desaparecer en cuestión de segundos, se mueven en zigzag, apagan sus luces, y así quien las observa piensa que ya no está, pero ahí sigue aunque no la veamos.

Ellos no son como los pintan, son gente como nosotros, pero con un poco más de altura. Son blancos y visten un traje de una sola pieza; usan casco, sus ojos son entre azules y verdes, sus caras angelicales, su nariz perfilada; labios delgados, timbre de voz bondadoso. Se saludan de diferente manera que nosotros, se despiden con las manos cruzadas, como agradeciendo.

Los mayas trabajaron y estudiaron la sabiduría cósmica, así levantaron grandes construcciones con ayuda de ellos. Enfocaron sus mentes en los aspectos positivos del conocimiento de la luz basados en la unión, el amor, el progreso de la mcdicina. Estos son los principios que nos han dejado, pero estamos todavía nadando en una sabiduría tan grande que no la vemos, no la usamos.

Cuando la visita de Gunabel terminaba, yo temía que pasara demasiado tiempo sin que volviera, pues eso pasaba a menudo. Pero a mí no me extrañaba, ya éramos amigos y me estaba ayudando a aumentar mi resistencia física y psíquica. Me recomendaba que consumiera miel y otras cosas que no puedo revelar todavía.

Como mi familia todavía no sabían e estas visitas, me daba miedo que por accidente la vieran. Lo que sí les conté alguna vez es que tenía sueños raros, que a veces soñaba con seres extraños… y así poco a poco los fui dando más información.

Gunabel me dijo en una visita que tenía a que encontrar una persona dentro de este mundo, alguien en quien pudiera confiar para revelarle lo que me pasaba antes de decírselo a mi familia. Y así sucedió, en poco tiempo conocí a una persona que me pareció confiable y le conté que estaba estudiando las pirámides mayas. Nunca le comenté que estaba en contacto con seres de luz y que ellos me estaban ayudando e informando de algunos detalles muy importantes, pero sí empezamos a intercambiar nuestros conocimientos sobre los mayas y sobre el *Códice Tro-cortesiano*.

Este códice data de los siglos XIV-XVI, es uno de los cuatro códices mayas existentes en el mundo, y habla sobre el conocimiento astronómico de esta cultura. Los misioneros franciscanos quemaron casi todos los registros escritos de los mayas en un esfuerzo por erradicar su religión y hoy en día solo quedan tres o cuatro. Tres de ellos llevan el nombre de las ciudades Europeas donde se conservan, Dresde, París y Madrid. Hay un cuarto códice del cuál no se conoce la autenticidad llamado el *Códice Grolier*, guardado en la Ciudad de México. Muchas páginas de estos libros contienen listas de números que le permitían a los mayas predecir eclipses lunares y solares, y los movimientos de Marte y Venus.

El intercambio de información con esta persona fue un error que admito que cometí, pues no era la persona indicada, y por mi error recibí un castigo: me salió un quiste en la garganta que por poco y me mata. Estuve con calentura varios días, me empecé a cuidar, y con ayuda de mis hermanos de luz se extirpó el quiste con pura meditación y cosas superiores que ellos hicieron para curarme. Después me repitieron que debería dar a conocer todo a su debido tiempo y sólo a personas que tuviera la capacidad de entender la existencia de ellos.

Capítulo 6

HAALTUNHA

198x

Después de iniciar, en 1981, el intercambio de información sobre la cultura maya, me he enfocado más en estudiar filosofía. La filosofía maya está llena de mensajes que yo no conocía, cosas que están fuera del conocimiento incluso de algunos arqueólogos. El error está en que tratan de descifrar un jeroglífico sin conocer primero la mentalidad de la cultura que lo escribió. Suponen, aunque no sea verdad, que tienen que entender primero el idioma para descubrir la mentalidad, sin entender que el conocimiento primero se adquiere a través del espíritu.

Por ejemplo, los sacrificios humanos en el cenote sagrado no tienen lógica, no fue verdad. Esa falsa información enferma la mente humana y hay armas para enfrentar y comprobar que es falso. En los libros se lee que sacrificaban princesas en el cenote sagrado con un promedio de cuatro muertes al años. Si la edad que se le da a la cultura maya es de 3,000 años a. C., a 1,200 años d. C, con datos documentados la estadística indica que habrían matado aproximadamente a 16,800 personas. El cenote sagrado, teniendo el tamaño que ahora tiene, se hubiera llenado si este dato fuera verdadero. Además ellos mismos consumían el agua del cenote, así como sus animales, y no podrían haberlo hecho si el agua hubiera estado contaminada. De esta manera se hubieran contaminado también, a través de los ríos subterráneos, otros cenotes.

Decidí fundar en la quinta un Centro de Investigación maya con el nombre de Haaltunha, que significa "hueco de piedra con agua". Y cada vez que viene Gunabel, le pido más conocimiento.

Centro de Investigación

Han empezado a acampanarla dos seres de luz más. Uno de ellos se llama Balam-Xiu, que es un nombre maya que significa "nueve hierbas". Esta persona tiene conocimiento sobre los elementales de la naturaleza, los espíritus de la naturaleza que están vinculados a elementos específicos y plantas medicinales que pueden curar muchas enfermedades que consideramos incurables. Él dice que el cuerpo físico tiene su propia defensa para matar el virus del SIDA, y que este se cura con la misma saliva del ser humano: ahí está el antídoto que puede ayudar para esta enfermedad. Según él, el cáncer también se puede curar con plantas o con piedras de cuarzo, pues los minerales están compuestos por uno o más elementos químicos; la clorofila tiene sus propios elementos, como el magnesio, el nitrógeno, carbono e hidrógeno. El ser humano tiene que colaborar con las plantas y tener pensamientos positivos para poder curar a través de la clorofila. De la misma manera, es posible comunicarse con las plantas, la misma planta te puede trasladar a su mundo, y esto es valioso porque las plantas son testigo de muchas cosas; la ciencia trabaja con ellas, es más poderosa una planta que un científico.

Trabajando en el CONALEP tuve una experiencia con el elemental de una planta. El director de la escuela me pidió que cortara un árbol de flamboyán seco. Empecé a hacer un trabajo con el árbol para ver si me entendía y asegurarme de que tenía aún vida. Le hablé, pidiéndole que si todavía estaba vivo que diera flores y llenara sus ramas de hojas. Un día dio una sola flor que cayó al suelo y entendí que estaba muerto y tenía que ser cortado.

En otra ocasión visité el convento de las Madres de la Luz aquí en Mérida. Había allí una monja que me llamó la atención porque era muy susceptible, muy sensible; apreciaba mucho las plantas, tenía un rosal de flores blancas con el que platicaba y ni ella sabía por qué lo hacía. La vi y le sugerí que le pidiera algo a la planta para que se cerciorara que ella la escuchaba y la entendía. La sorpresa fue que el rosal, entre todas sus flores blancas, le dio una rosa roja.

Este rosal estaba al pie de su ventana y cuando la monja se acostaba a dormir escuchaba de su jardín una música que no sabía de dónde venía. Sentía que era un sonido de otra dimensión, y en algún momento pensó que era el rosal. Todas las noches lo escuchaba y con esa música hizo varios himnos.

El otro hermano o ser de luz que ha empezado a visitarme junto con Gunabel y Balam-Xiu es Rabit. Este me da mensajes para preparar a la humanidad. Me dijo que ellos desde hace mucho están aquí en la Tierra, e incluso pueden vestirse como los humanos, aunque debajo de la ropa lleven sus trajes. Me dijo que le estamos dando mal uso a la energía atómica, es una de las cosas destructivas que ellos están interviniendo para evitar, que debido a la explotación de la energía vital de nuestro planeta este perderá su fuerza de gravedad y los seres vivientes no resistiremos el calor de los rayos solares. El arma elemental para impedir este desastre es la fuerza psíquica de todos nosotros; ellos saben que mis hermanos terrestres acabarán con el equilibrio del planeta en la constelación de este universo. Ellos interceptarán la energía eléctrica de las ciudades, de todas las grandes potencias, para que nos consideremos indefensos con la energía solar que usamos, pues sus naves funcionan a grandes velocidades de la luz. La alarma será un gran apagón en todas las grandes ciudades.

En una de sus visitas me enseñaron cómo está hecha la pirámide de Chichén Itzá, sus medidas y orientación. En la quinta, tenemos a un costado un tanque de ocho metros de largo, cuatro de ancho y dos de fondo, en el que se recolecta agua de lluvia y de cenote que sirve para regar los árboles frutales. En una de las esquinas del tanque me enseñaron ellos que debía construir una pirámide en escala a la de Chichén Itzá para darle a conocer al mundo el significado de los equinoccios y los eventos astronómicos de las estaciones del año.

Mi mente está al cien por ciento dispuesta a aprender lo que me enseñan: medidas, orientación, física, matemáticas y astronomía. Con la ayuda de estos seres de luz empezaremos la construcción.

En ese tiempo, poco a poco y con mucha sutileza, he ido informándole a mi familia de los conocimientos y visitas. Para mi sorpresa, tomaron la información con mucha tranquilidad. Mis hijos grandes preguntan y quieren saber más, pero yo les contesto, "Si te explico, no vas a entender". Sin embargo, están de acuerdo en ayudarme.

Siento un alivio muy grande, mucha tranquilidad en mi alma.

Conseguimos la medidas exactas para hacer la réplica y con muchos obstáculos, problemas y contratiempos en el camino, con la valiosa colaboración de mi familia y de los seres de luz, pusimos manos a la obra.

Con ochenta centímetros de alto y un metro en cada lado de su base, con la misma orientación que la original, quedó nuestra pirámide. Y digo "nuestra" porque así lo siento en mi ser.

Don Vicente y Nicteha posando junto a la pirámide

Capítulo 7

Luz y sombra

1985

Le doy gracias a Dios y a estos seres que me ayudan. Para mí es muy importante este día de luna llena para marcar mi sello de gratitud a mis hermanos invisibles; a estos astrónomos les debo el adelanto de este estudio, pues ellos me ayudaron a comprobar el equinoccio lunar y solar en una pirámide a escala. Observando la luz y la sombra con la luna llena de las 4 a las 4:30 de la mañana, y el equinoccio solar de las 4 a las 4:30 de la tarde, estos dos fenómenos de luz y sombra se hicieron presentes en el lado norte de la pirámide a escala. Al mismo tiempo mi familia y yo observamos la luz y sombra del equinoccio a las 7:30 de la mañana del 21 de marzo.

Hasta hoy, 21 de marzo de 1985, con esta fecha y la valentía y colaboración de la familia, hemos trabajado y prosperado de manera agigantada y con éxito en los experimentos.

Es una verdadera alegría para mí que nos visite tanta gente: fueron 150 personas las que contemplamos este experimento astronómico en la quinta. Esta fecha a dejado un grato recuerdo en mi vida, la felicidad que siento interiormente es también porque hoy es el aniversario de nuestro matrimonio y Dios nos ha ayudado a conservarlo durante estos veinte años de 365 días, así como a disfrutar la misma fecha de este experimento astronómico. Este fenómeno extraordinario los antiguos mayas, sabios exploradores del cosmos infinito, nos lo dejaron como un legado cultural extenso en el edificio piramidal conocido como el castillo o pirámide de Kukulkán.

Estuve muchos años estudiando con mis amigos, los seres de luz, astronomía, matemáticas, filosofía, para poder encontrar el lugar exacto de esta pirámide a escala. Este logro reafirma el conocimiento que se tiene sobre los fenómenos solares que se observan en los equinoccio de primavera y otoño, y en los solsticios de verano e invierno.

Equinoccio

El objetivo fundamental de esta investigación maya es poner al alcance de toda la población yucateca, nacional y extranjera, datos matemáticos y astronómicos para permitirles valorar de una manera más real y profunda la cultura maya.

Mis amigos los seres de luz me explicaron cómo hacer una mesa, con una piedra extraída de ahí mismo, para realizar diferentes ceremonias, entre ellas la de la luna llena, que tiene energía femenina que funciona junto con la energía de la Madre Tierra. La mesa está orientada de norte a sur con nueve asientos también de piedra y cuatro Bacab, un término maya que se refiere a cuatro deidades prehispánicas que sostienen el cielo y son patrones de la vida. Cada Bacab está orientado hacia un punto cardenal:

- Xaman, norte
- Nojol, sur
- Lackin, este
- Chikin, oeste

Los nueve asientos representan las nueve lunas llenas en el calendario sagrado maya, Tsolkin, de 260 días. Estos días representan la gestación del ser humano, trece meses de veinte días o cincuenta y dos semanas, que es igual a 260.

La ceremonia de agradecimiento a Nahuj (Madre Luna) se inicia mirando al este, por donde sale el Sol (Lakin). Posteriormente nos dirigimos al sur, que representa la tranquilidad. El lado oeste es el tercer punto de agradecimiento y el ritual finaliza en el lado norte, que significa la fortaleza. Cada Bacab tiene un color específico:

- Norte, blanco
- Sur, amarillo

- Este, rojo
- Oeste, negro

La parte central, donde se unen los cuatro rumbos, es color verde y representa la vida o el Yaaxche, que significa "árbol verde o árbol sagrado", más conocido como ceiba.

Para los mayas, el árbol sagrado o árbol de la vida representa los nueve niveles de purificación hacia abajo, que en maya es bolontiku, es decir, un grupo de nueve dioses mayas que presiden cada uno de los nueve estratos de inframundo. Para poder estar en el plano físico o terrenal y posteriormente alcanzar los trece niveles, oxlahuntiku, nombre que recibe el grupo de trece dioses que gobiernan el cielo, es necesario cumplir un proceso de purificación que lleva hacia Hunab Ku, "Dios Único". Para los mayas es una deidad morirse para estar cerca del Creador; para ellos la vida empieza después de la muerte. En esta mesa también se hacen ofrendas a los guardianes del lugar, los aluxes, espíritus o duendes de la mitología maya que protegen los lugares sagrados.

Mesa de ceremonias

Pintura de un alux, hecha por don Vicente

Construimos una silla de descanso, como ellos me explicaron, orientada de norte a sur, por donde fluye la energía del cosmos. El respaldo tiene 123 grados de inclinación, que son los mismos grados que tiene el Chac Mool, "garra de lluvia", una escultura que fue descubierta en Chichén Itzá, que también tiene los mismos grados que el Pakal, "el grande", que se encuentra en la zona arqueológica de Palenque.

Estos 123 grados salen del ángulo recto, noventa grados, más el número de vertebras de la columna, que son treinta y tres, lo que suma 123, así que este ángulo de 123 grados encaja perfectamente con la primera vertebra de la columna y hace que el cuerpo físico se relaje por la posición de norte a sur y los grados de inclinación del respaldo. La mejor manera de descansar el cuerpo es estando en esta posición.

La silla tiene el lado izquierdo más alto que el derecho. Esto se hizo con toda la intención, para poder drenar la energía del corazón y equilibrar los tres cerebros que tiene el cuerpo: cabeza, corazón y estómago.

En lo personal, a mí me fascina estar en la silla. Es muy cómoda, me relaja el cuerpo y desde ahí observo perfectamente la pirámide. Increíble pero cierto.

Silla ritual

Chac mool

Pakal

1989

Gunabel me dejó un mensaje en un casete con música de Pedro Infante. Yo no sé cómo lo hizo.

Estaba escuchando esa canción que se llama "Por un amor" con mis hijos cuando esta se cortó y entró una voz muy angustiada: "Soy yo. Te volveré a ver en poco tiempo…", seguida de martillazos y sonidos metálicos.

Mis hijos me preguntaron qué era eso y regresamos el casete. Fue entonces cuando reconocí la vos de Gunabel; estaba como llorando y tremendamente angustiada. Enseguida pensé que le estaba pasando algo, y así fue, pues dejó de venir un buen tiempo.

Gunabel regresó. Me dijo que sí habían tenido un accidente en la atmósfera de nuestro planeta, que su nave estuvo a punto de caer y destruirse por completo, pero lograron salvarse, aunque murieron dos de sus compañeros.

La platiqué a mis hijos del accidente que tuvieron mis amigos, ellos me preguntaron cómo los localizaba cuando quería verlos o necesitaba hablar con ellos. Yo les conté sobre el par de piedras que los seres de luz me dieron, les dije que al frotarlas soltaban vibraciones que ellos percibían, como un llamado que los hacía venir a mí.

"Papá, ¿en dónde están esas piedras? ¿Nos las puedes mostrar?", me preguntó uno de mis hijos.

"Están aquí, en la quinta, pero no se las puedo mostrar. Sólo el elegido podrá encontrarlas. Llegará el día en el que se tendrá que apresurar algo que tiene que pasar".

2006

Todo este tiempo he seguido teniendo las visitas de los seres de luz. En una de ellas me platicaron que en su mundo no hay tal cosa como la vejez. A Gunabel la conozco desde hace veinticinco años y no ha cambiado nada, se ve igual que cuando la conocí.

Una vez me dejaron subir a su nave. En otra ocasión, con su ayuda, vi el mundo debajo de mí; vi también todo lo que va a suceder en diferentes partes del mundo, los lugares y momentos exactos, ellos me lo dieron a conocer y yo lo vi claramente. Nunca dije nada de lo que vi, ni quise contarlo porque sabía que nadie me creería. Sin embargo, en algún momento hice un comentario sobre un fuerte terremoto en Japón que en ese entonces no había sucedido.

Tengo todo grabado en la memoria. Espero que en esta vida me dé tiempo de contarlo.

Yucatán es un lugar estratégico, tiene energía especial. Debajo de nosotros hay pura agua que amortigua los terremotos: eso es bueno. El globo terrestre lo defienden nuestros hermanos, seres de luz, para que nosotros continuemos en este planeta. Lo que necesitamos es que se utilice la energía solar en lugar del petróleo; la extracción nos está dañando, estamos llenando de huecos todo el globo terrestre.

En el futuro, si seguimos así, toda la humanidad puede terminar flotando por falta de gravedad. Aparte de que a la reserva de petróleo del globo terrestre no le queda ni cien años, se va agotar. Así, al planeta Tierra se le dará una lección, sobre todo a las grandes ciudades que mueven la economía.

CAPÍTULO 8

MURALES

1991

He estado trabajando en Mérida, en el colegio CONALEP I, como intendente. Me dieron
permiso para hacer un mural que quiero titular
La relación maya y egipcia.

Los egipcios dividieron el año de cosechas
en tres estaciones. Nuestra milenaria cultura, a
través de extraordinarios puntos astronómicos
y de las observaciones solares, indicó fechas en
las que deben iniciarse la quema de los campos
antes de sembrar.

El científico Frances Jean François Champo-
llion descubrió, en 1799, en la piedra Rosetta
(fragmento de piedra egipcia que contiene un
texto histórico escrito en tres sistemas de escri-
turas diferentes, griego, egipcio, jeroglíficos) el
significado de palabras que llevarían hasta pi,

3.1416, usado en las medidas de la pirámide de Keops. Fray Diego de Landa presentó un alfabeto maya traducido al castellano que ayudó a descifrar lo jeroglíficos de esa cultura. Estos fundamentan la inspiración astronómica de la pirámide de Kukulcán en Chichén Itzá.

Mural CONALEP

Para describir el proceso del conocimiento astronómico que siguieron los mayas, semejante al propio en la cultura egipcia, el mural se lee de izquierda a derecha: el sacerdote pakal siembra la semilla del saber del cosmos, luego el sacerdote astronómico muestra la técnica de orientación astronómica empleada, y en el extremo está el Balam Keh, escultor y sacerdote maya, a cuyas espaldas hay una cifra que equivale a cincuenta y dos semanas de cinco días y también nos señala las fechas de los cuatro movimientos de la Tierra en torno al sol. En el extremo, un sacerdote hierofante o sumo sacerdote egipcio evidencia el conocimiento de los astros que ese pueblo poseía.

Don Vicente también creó una especie de museo donde impera la importancia de la cultura maya y su relación con la vida interplanetaria. Viajó a numerosos países, invitado para dar conferencias. A partir de entonces empezó a escribir notas sobre la importancia del pensamiento maya, basado en la filosofía. Él decía que salvando la lengua maya auténtica se rescata el patrimonio cultural de nuestro pueblo. Participó como expositor en Gnóstico Maya, realizando en Montreal, Canadá, con el tema "El verdadero rostro de Kukulcán", que reunió a más de doscientos participantes de todas partes del mundo.

En 1996, en la quinta, se estaba realizando una ceremonia para pedir lluvia cuando de repente llegaron unos monjes tibetanos que venían de Mérida, de una conferencia, con su traductor. Don Vicente los recibió y les pregunto en tibetano cómo es que se habían enterado del lugar. Ellos le respondieron que sintieron una energía muy fuerte y decidieron seguirla hasta que llegaron a Nolo. Le pidieron permiso para sentarse en un lugar tranquilo dentro de la quinta y se pusieron a meditar. En ese mismo momento alrededor del sol se formó un arcoíris y la gente que estaba reunida en la quinta fue testigo de su aparición. Cuando terminó su meditación, el arcoíris se fue desvaneciendo.

Don Vicente no supo cómo los entendió y les habló en su idioma. Fue entonces cuando descubrió la facilidad que de pronto tenía para comunicarse en otros idiomas, ocho en total: inglés, francés, alemán, italiano, portugués, tibetano, maya y español.

En diciembre de 1998 don Vicente comentó que el 30 de noviembre un asteroide muy grande, setenta veces más grande que la Tierra, vendría sobre nosotros más o menos en abril del siguiente año. Al respecto, escribió:

Podría ser algo muy grave, vamos a perder nuestra gravedad. Si esto sucede va a haber una invasión de nuestros hermanos para llevarse a los que sean necesarios y los demás se quedarán. Estos seres tratarán de desbaratarlo o desviarlo para que no nos afecte. Júpiter nos ayuda, ya que es más grande que la Tierra y jala los asteroides como imán. Si para el mes de julio, el final del año maya, no ha sucedido, quiere decir que ya estamos a salvo.

Esto pasará de nuevo en cuatro años o un poco más, un asteroide inmensamente grande vendrá y los seres de luz tratarán de fragmentarlo, pero es tan grande que cualquier pedazo puede causar una catástrofe para nosotros. Espero que no suceda.

El asteroide que cayó en Chicxulub, Yucatán, hace sesenta y seis millones de años formó un cráter de trescientos kilómetros de diámetro, oscureció el cielo y desvió a la Tierra diecisiete grados. Después vino el cataclismo de la Antártida.

En el mes de julio se empezó a sentir mal, tenía dolores fuertes de estómago y rápidamente lo llevaron al hospital, le hicieron muchísimos estudios y le detectaron cáncer muy avanzado en el páncreas. Se quedó internado para empezar el tratamiento de quimioterapia y después de varias semanas en el hospital pidió firmar su alta voluntaria, asegurándole a su familia que no tenía nada más que hacer en el hospital, que él ya estaba destinado a esta enfermedad: no había cura y él necesitaba estar en la quinta para pintar un último mural.

Lo trasladaron a la quinta y ahí empezó su mural. Estuvo setenta días pintándolo y lo tituló El verdadero rostro de Ku-Ku-Ul-Ka-an, dios verdadero del infinito.

El interior de la serpiente representa los meses del calendario Haab; los círculos son veinte y cada mes maya es de veinte días; los colmillos de la serpiente, los del lado izquierdo, que son ocho colmillos o triángulos, representan al mes de abril, y los del lado derecho, que son siete, representan al 21 de marzo. Es un proceso que el 21 de marzo inicia y el 6 de abril finaliza, el equinoccio, tomando en cuenta que el 21 de marzo es el equinoccio, con siete triángulos que representan equidad e igualdad de tiempo: es un movimiento de rotación que tiene la Tierra con respecto al sol.

El sacerdote maya a la izquierda representa a don Vicente, que está hablando y siembra la semilla del conocimiento astronómico porque los puntos representan la constelación de Orión. A su lado hay un astrónomo maya y arriba de su cabeza los puntos representan el sol. A la izquierda del astrónomo hay una pirámide, debajo de la pirámide está la numerología maya, las primeros círculos con dos rayas debajo de lado izquierdo significan el número setenta, que es el número de días que le llevó a don Vicente pintar el mural; los cuatro círculos más una raya y un círculo que se encuentran en medio significan el numero ochenta y seis, que fue el año en que hizo la pirámide, y las dos líneas arriba y dos debajo de lado derecho significan 240+11= 251 y 2+5+1=8, que representan el conocimiento infinito.

La cruz de en medio representa la parte superior, que es el supramundo, la parte siguiente los rumbos o los bacabes, guardianes o protectores de los rumbos. Los elementos de en medio representan la equidad o tranquilidad. La parte inferior representa el inframundo.

Junto a la cruz hay veinte esferas que representan los días de cada mes maya. Los cuadros de arriba, del lado derecho, están orientados con la salida del sol, con el día más largo, y con la ocultación del sol de la noche más larga. Las tres esferas debajo de los cuadros son la Tierra vista desde arriba, y significan el día más largo, 21 de junio, noche más larga, 21 de diciembre, día y noche igual de marzo y septiembre, dos equinoccios y dos solsticios. El astrónomo que está sentado del lado derecho, agarrando un instrumento de medición, es el encargado de observar el ocultamiento del sol de la noche más larga, que es el 21 de diciembre.

Después de observar y estudiar bien este mural podemos concluir que el significado es, juntando los cuatro meses de 365 días del calendario Haab, más el nombre Yetel:

- Mes 16 que se llama Pax, música
- Mes 17 que se llama Kayab, canto
- Mes 18 que se llama Kun-Ku, detener
- Mes 19 que se llama Uayeb,
  aquí o ahora
- K'u, Dios

- Ku-ul, venerar
- Ka-an, infinito

En maya:

> *YETEL PAX KAYAB KUNKU UAYEB K'*
> *U KU-UL KA-AN*

En español:

> *Y CON MÚSICA Y CANTO*
> *SE DETIENE AQUÍ UN DIOS*
> *VENERADO DEL INFINITO*

Capítulo 9
Deceso

Casi terminando su mural, Vicente le dijo a su hijo Gabriel, "Ya no tengo nada más que hacer aquí, llegó mi momento", y le pidió que fuera a retirar sus ahorros de toda la vida. Su hijo se extrañó pero lo complació.

Gabriel se dirige al pueblo cercano de Izmal, pero antes de llegar, en la carretera se le cruza una persona a la que no se le ve el rostro. Lo ve caminar de una manera que lo hace pensar que se trata de una persona de edad avanzada. Frena y regresa de reversa para darle un aventón, pensando que a lo mejor se dirige a Izmal, pero la persona desaparece delante de sus ojos aunque no hay camino alguno por el que puede haber entrado, solo la selva. Siente miedo y en ese momento su familia se comunica con él y le piden que regrese de emergencia. Cuando llega, varios vecinos están en su casa, así como el doctor, que le dice que su papá acaba de fallecer.

Se acerca a verlo, a darle un último abrazo y en ese momento escucha la voz de su padre que le pide que cuide mucho la quinta, que no permita que nadie la destruya, que siga su legado promoviendo la cultura maya.

Gabriel queda estado de shock, pues sabe que su papá ya está muerto y aun así lo ha escuchado claramente.

Cuando don Vicente estaba siendo velado frente a amigos y vecinos, llegaron tres vehículos negros de lujo, bajaron tres personas muy altas, vestidas en trajes negros; no se identificaron, solo se acercaron para confirmar su muerte. Se pararon frente a su ataúd formando un triángulo y así estuvieron durante varios minutos.

Todos los que estaban ahí lo vieron.

Después se acercaron a la viuda y le dejaron un sobre, le dijeron que era para ayudarla con los gastos fúnebres y que ellos ya sabían de la fecha de su muerte. Inmediatamente después salieron de la casa y abordaron sus vehículos.

En Nolo las calles son brechas rústicas en las cuales el camino de ida es el mismo que el de vuelta. Estas personas siguieron derecho, sin regresar, y la gente que estaba afuera se sorprendió porque no emprendieron el camino de regreso sino que siguieron derecho hasta desaparecer.

Gabriel cuenta que cuando velaban a su padre entró una ave a la casa y se posó en el brazo de la hamaca donde su papa dormía. Después el ave salió al patio de la casa y se elevó como una luz, hacia arriba, al infinito, y desapareció.

Después de la velación sacaron el féretro de la casa para dirigirse a la iglesia del pueblo, donde los hijos cargaron el ataúd. Durante el camino una fuerte lluvia cayó solamente sobre ellos y se calmó al llegar a la iglesia.

Después de la misa de cuerpo presente salieron de nuevo con el ataúd y en ese momento cayó un rayo y de nuevo empezó a llover sobre de ellos y sobre nadie más. Todo esto parece ciencia ficción, pero fue real.

A pesar de que don Vicente ya no está, el Centro de Investigación Haaltunha está abierto al público. Ahí su hijo Angel Gabriel Martín Loeza sigue presente, ya que él estuvo siempre junto a su papá y su conocimiento le fue transmitido para continuar este legado para el mundo, además de ser un lugar de encuentro espiritual.

Las enigmáticas historias que rodean la vida de don Vicente continúan atrayendo a muchas personas, especialmente cada 21 de marzo en el equinoccio que proyecta la sombra descendente de Kukulcán. Hoy en día mucha gente llega a la quinta en los días de luna llena, y algunos cuentan que observan luces extrañas en el cielo, pero desde entonces nadie ha tenido contacto con esos seres de luz.

Capítulo 10

Testimonio de Nikteha del Rosario Martín Loeza

Mi papá me platicaba que se conectaba con unos seres de luz en la quinta, que ellos fueron sus maestros cuando construyó la pirámide, responsables también de todos los conocimientos que él tenía.

Me acuerdo que cuando tenía doce años tuve una experiencia con él en la quinta. Eran como las diez de la noche y yo estaba mirando el cielo. Le pregunté si los aviones se podían cruzar y él me contestó que no. Seguí admirando el cielo mientras él trabajaba en unos dibujos cuando de repente corrí hacia él y le aseguré que acababa de ver aviones que se habían cruzado. Según yo eran aviones. A mi papá le llamo la atención y salimos juntos a ver cómo unas esferas se junta-ban y cruzaban, iban y venían; eran como ocho. En ese momento me dio miedo y le pedí que me llevara a la casa, pero él me pidió que no tuviera miedo, que no pasaría nada, que no bajarían. Fue una experiencia inolvidable y emocionante.

Cuando tenía trabajos estresantes de la escuela, él me llevaba a la quinta para hacerme sentir tranquila y que las energías positivas me hicieran pensar y razonar bien. A mi mamá siempre le decía que cuando él ya no estuviera iba a haber un elegido que siguiera sus pasos. En algún momento pensé que a lo mejor podría ser yo, que lograría tener sus conocimientos, pero siempre que le hacía muchas preguntas sobre los seres de luz, sus hermanos, como él les decía, él me contestaba, "No te explico porque no me vas a creer ni entender".

El día que falleció, estos seres de luz vinieron al velorio a despedirse, y alrededor de la media noche una luz inmensa alumbró la casa. Vecinos y familiares que nos acompañaban vieron esa luz gigante.

El consejo que me dejó es que siempre crea en mí, que así todo lo que haga y me proponga lo lograré. Fue un padre ejemplar, siempre pensaba en su familia y se entregaba a todo lo que hacía. Fue un gran ejemplo para mí.

Toda mi admiración para mi padre.